Madame d'Aulnoy

Le Nain Jaune

Le Nain Jaune

IL était une fois une reine, à laquelle il ne resta, de plusieurs enfants qu'elle avait eus, qu'une fille qui en valait plus de mille. Mais sa mère, se voyant veuve, et n'ayant rien au monde de si cher que cette jeune princesse, elle avait une si terrible appréhension de la perdre, qu'elle ne la corrigeait point de ses défauts ; de sorte que cette merveilleuse personne, qui se voyait d'une beauté plus céleste que mortelle, et destinée à porter une couronne, devint si fière et si entêtée de ses charmes naissants, qu'elle méprisait tout le monde.

La reine sa mère aidait, par ses caresses et par ses complaisances, à lui persuader qu'il n'y avait rien qui pût être digne d'elle : on la voyait presque toujours vêtue en Pallas ou en Diane, suivie des premières de la cour, habillées en nymphes ; enfin, pour donner le dernier coup à sa vanité, la reine la nomma Toute-Belle ; et, l'ayant fait peindre par les plus habiles peintres, elle envoya son portrait chez plusieurs rois, avec lesquels elle entretenait une étroite amitié. Lorsqu'ils virent ce portrait, il n'y en eut aucun qui se défendit du pouvoir inévitable de ses charmes : les uns en tombèrent malades, les autres en perdirent l'esprit, et les plus heureux arrivèrent en bonne santé auprès d'elle ; mais sitôt qu'elle parut, ces pauvres princes devinrent ses esclaves.

Il n'a jamais été une cour plus galante et plus polie. Vingt rois, à l'envi, essayaient de lui plaire ; et après avoir dépensé trois ou quatre cents millions à lui donner seulement une fête, lorsqu'ils en avaient tiré un *Cela est joli*, ils se trouvaient trop récompensés. Les adorations qu'on avait pour elle ravissaient la reine ; il n'y avait point de jour qu'on ne reçût à sa cour sept ou huit mille sonnets, autant d'élégies, de madrigaux et de chansons, qui étaient envoyés par tous les poètes de l'univers. Toute-Belle était l'unique objet de la prose et de la poésie des auteurs de son temps : l'on ne faisait jamais de feux de joie qu'avec ces vers, qui pétillaient et brûlaient mieux qu'aucune sorte de bois.

La princesse avait déjà quinze ans ; personne n'osait prétendre à l'honneur d'être son époux, et il n'y avait personne qui ne désirât de le devenir. Mais comment toucher un cœur de ce caractère ? On se serait pendu cinq ou six fois par jour pour lui plaire, qu'elle aurait traité cela de bagatelle. Ses amants murmuraient fort contre sa cruauté ; et la reine, qui voulait la marier, ne savait comment s'y prendre pour l'y résoudre. « Ne voulez-vous pas, lui disait-elle quelquefois, rabattre un peu de cet orgueil insupportable qui vous fait regarder avec mépris tous les rois qui viennent à notre cour ? Je veux vous en donner un : vous n'avez aucune complaisance pour moi. – Je suis si heureuse ! lui répondait Toute-Belle ; permettez, madame, que je demeure dans une tranquille indifférence ; si je l'avais une fois perdue, vous pourriez en être fâchée. – Oui, répliquait la reine, j'en serais fâchée si vous aimiez quelque chose au-dessous de vous ; mais voyez ceux qui vous demandent, et sachez qu'il n'y en a point ailleurs qui les valent. »

Cela était vrai ; mais la princesse, prévenue de son mérite, croyait valoir encore mieux ; et peu à peu, par un entêtement de rester fille, elle commença de chagriner si fort sa mère, qu'elle se repentit, mais trop tard, d'avoir eu tant de complaisance pour elle.

Incertaine de ce qu'elle devait faire, elle fut toute seule chercher une célèbre fée, qu'on appelait la fée du Désert ; mais il n'était pas aisé de la voir, car elle était gardée par des lions. La reine y aurait été bien empêchée, si elle n'avait pas su depuis longtemps qu'il fallait leur jeter du gâteau fait de farine de millet, avec du sucre candi et des œufs de crocodiles : elle pétrit elle-même ce gâteau, et le mit dans un petit panier à son bras. Comme elle était lasse d'avoir marché si longtemps, n'y étant point accoutumée, elle se coucha au pied d'un arbre pour prendre quelque repos. Insensiblement elle s'assoupit ; mais, en se réveillant, elle trouva seulement son panier, le gâteau n'y était plus ; et, pour comble de malheur, elle entendit les grands lions venir, qui faisaient beaucoup de bruit, car ils l'avaient sentie.

« Hélas ! que deviendrai-je ! s'écria-t-elle douloureusement ; je serai dévorée ! » Elle pleurait, et, n'ayant pas la force de faire un pas pour se sauver, elle se tenait contre l'arbre où elle avait dormi ; en même temps elle entendit : « Chet, chet ! hem, hem ! » Elle regarde de tous côtés ; en levant les yeux, elle aperçoit sur l'arbre un petit homme qui n'avait qu'une coudée de haut ; il mangeait des oranges, et lui dit : « Oh ! reine, je vous connais bien, et je sais la crainte où vous êtes que les lions ne vous dévorent ; ce n'est pas sans raison que vous avez peur, car ils en ont dévoré bien d'autres, et pour comble de disgrâce, vous n'avez point de gâteau. – Il faut me résoudre à la mort, dit la reine en soupirant ; hélas ! j'y aurais moins de peine si ma chère fille était mariée ! – Quoi ! vous avez une fille ? s'écria le Nain jaune (on le nommait ainsi à cause de la couleur de son teint et de l'oranger où il demeurait) ; vraiment, je m'en réjouis, car je cherche une femme par terre et par mer ; voyez si vous me la voulez promettre, je vous garantirai des lions, des tigres et des ours. » La reine le regarda, et elle ne fut guère moins effrayée de son horrible figure qu'elle l'était, déjà des lions ; elle rêvait et ne lui répondait rien. » Quoi ! vous hésitez, madame ? lui cria-t-il ; il faut que vous n'aimiez guère la vie ! » En même temps la reine aperçut les lions sur le haut d'une colline, qui accouraient à elle ; ils avaient chacun deux têtes, huit pieds, quatre rangs de dents, et leur peau était aussi dure que l'écaille et aussi rouge que du maroquin. À cette vue la pauvre reine, plus tremblante que la colombe quand elle aperçoit un milan, cria de toute sa force : « Monseigneur le Nain. Toute-Belle est à vous ! – Oh ! dit-il, d'un air dédaigneux, Toute-Belle est trop belle ; je n'en veux point : gardez-la. – Eh ! monseigneur, continua la reine affligée, ne la refusez pas : c'est la plus charmante princesse de l'univers. – Eh bien, répliqua-t-il, je l'accepte par charité ; mais souvenez-vous du don que vous m'en faites. » Aussitôt l'oranger sur lequel il était s'ouvrit, la reine se jeta dedans à corps perdu ; il se referma, et les lions n'attrapèrent rien.

La reine était si troublée, qu'elle ne voyait pas une porte ménagée dans cet arbre ; enfin elle l'aperçut et l'ouvrit ; elle donnait dans un champ d'orties et de chardons. Il était entouré d'un fossé bourbeux, et un peu plus loin était une maisonnette fort basse, couverte de paille. Le Nain jaune en sortit d'un air enjoué ; il avait des sabots, une jaquette de bure jaune, point de cheveux, de grandes oreilles, et tout l'air d'un petit scélérat.

« Je suis ravi, dit-il à la reine, madame ma belle-mère, que vous voyiez le petit château où votre Toute-Belle vivra avec moi ; elle pourra nourrir, de ces orties et de ces chardons, un âne qui la portera à la promenade ; elle se garantira sous ce rustique toit de l'injure des saisons ; elle boira de cette eau et mangera quelques grenouilles qui s'y nourrissent grassement ; enfin, elle m'aura jour et nuit auprès d'elle, beau, dispos et gaillard comme vous me voyez ; car je serais bien fâché que son ombre l'accompagnât mieux que moi. »

L'infortunée reine, considérant tout d'un coup la déplorable vie que ce nain promettait à sa chère fille, et ne pouvant soutenir une idée si terrible, tomba de sa hauteur sans connaissance et sans avoir eu la force de lui répondre un mot. Mais pendant qu'elle était ainsi, elle fut rapportée dans son lit bien proprement, avec les plus belles cornettes de nuit et la fontange du meilleur air qu'elle eût mises de ses jours. La reine s'éveilla, et se souvint de ce qui lui était arrivé ; elle n'en crut rien du tout ; car, se trouvant dans son palais au milieu de ses dames, sa fille à ses côtés, il n'y avait guère d'apparence qu'elle eût été au désert, qu'elle y eût couru de si grands périls et que le nain l'en eût tirée à des conditions si dures que de lui donner Toute-Belle. Cependant ces cornettes d'une dentelle rare et le ruban l'étonnaient autant que le rêve qu'elle croyait avoir fait, et, dans l'excès de son inquiétude, elle tomba dans une mélancolie si extraordinaire, qu'elle ne pouvait presque plus ni parler, ni manger, ni dormir.

La princesse, qui l'aimait de tout son cœur, s'en inquiéta beaucoup ; elle la supplia plusieurs fois de lui dire ce qu'elle avait, mais la reine, cherchant des prétextes, lui répondait tantôt, que c'était l'effet de sa mauvaise santé, et tantôt que quelqu'un de ses voisins la menaçait d'une grande guerre. Toute-Belle voyait bien que ses réponses étaient plausibles, mais que dans le fond il y avait autre chose, et que la reine s'étudiait à le lui cacher. N'étant plus maîtresse de son inquiétude, elle prit la résolution d'aller trouver la fameuse fée du Désert, dont le savoir faisait grand bruit partout ; elle avait aussi envie de lui demander son conseil pour demeurer fille ou pour se marier, car tout le monde la pressait fortement de choisir un époux : elle prit soin de pétrir elle-même le gâteau qui pouvait apaiser la fureur des lions, et, faisant semblant de se coucher le soir de bonne heure, elle sortit par un petit degré dérobé, le visage couvert d'un grand voile blanc qui tombait jusqu'à ses pieds, et ainsi seule, elle s'achemina vers la grotte où demeurait cette habile fée.

Mais, en arrivant à l'oranger fatal dont j'ai déjà parlé, elle le vit si couvert de fruits et de fleurs, qu'il lui prit envie d'en cueillir ; elle posa sa corbeille par terre et prit des oranges qu'elle mangea : quand il fut question de retrouver sa corbeille et son gâteau, il n'y avait plus rien ; elle s'inquiète, elle s'afflige et voit tout d'un coup auprès d'elle l'affreux petit nain dont j'ai déjà parlé. « Qu'avez-vous, la belle fille, qu'avez-vous à pleurer ? lui dit-il. – Hélas ! qui ne pleurerait ? répondit-elle : j'ai perdu mon panier et mon gâteau, qui m'étaient si nécessaires pour arriver à bon port chez la fée du Désert. – Eh ! que lui voulez-vous, belle fille ? dit ce petit magot ; je suis son parent, son ami, et pour le moins aussi habile qu'elle ? – La reine ma mère, répliqua la princesse, est tombée depuis quelque temps dans une affreuse tristesse qui me fait tout craindre pour sa vie ; j'ai dans l'esprit que j'en suis peut-être la cause, car elle souhaite de me marier ; je vous avoue que je n'ai encore rien trouvé digne de moi ; toutes ces raisons m'engagent à vouloir parler à la fée. – N'en prenez point la peine, princesse, lui dit le nain ; je suis plus propre qu'elle à vous éclaircir sur ces choses.

« La reine votre mère a du chagrin de vous avoir promise en mariage. – La reine m'a promise ! dit-elle en l'interrompant. Ah ! sans doute, vous vous trompez ; elle me l'aurait dit, et j'y ai trop d'intérêt pour qu'elle m'engage sans mon consentement. – Belle princesse, lui dit le nain en se jetant tout d'un coup à ses genoux, je me flatte que ce choix ne vous déplaira point quand je vous aurai dit que c'est moi qui suis destiné à me bonheur. – Ma mère vous veut pour gendre ! s'écria Toute-Belle en reculant quelques pas ; est-il une folie semblable à la vôtre ? – Je me soucie fort peu, dit le nain en colère, de cet honneur : voici les lions qui s'approchent, en trois coups de dents ils m'auront vengé de votre injuste mépris. »

En même temps la pauvre princesse les entendit qui venaient avec de longs hurlements. « Que vais-je devenir ? s'écria-t-elle. Quoi ! je finirai donc ainsi mes beaux jours ! » Le méchant nain la regardait et, riant dédaigneusement : « Vous aurez au moins la gloire de mourir fille, lui dit-il, et de ne pas mésallier votre éclatant mérite avec un misérable nain tel que moi. – De grâce, ne vous fâchez pas, lui dit la princesse en joignant ses belles mains, j'aimerais mieux épouser tous les nains de l'univers, que de périr d'une manière si affreuse. – Regardez-moi bien, princesse, avant que de me donner votre parole, répliqua-t-il, car je ne prétends pas vous surprendre. – Je vous ai regardé de reste, lui dit-elle, les lions approchent, ma frayeur augmente ; sauvez-moi, sauvez-moi ! ou la peur me fera mourir. »

Effectivement elle n'avait pas achevé ces mois qu'elle tomba évanouie ; et, sans savoir comment, elle se trouva dans son lit avec le plus beau linge du monde, les plus beaux rubans, et une petite bague faite d'un seul cheveu roux, qui tenait si fort, qu'elle se serait plutôt arrachée la peau qu'elle ne l'aurait ôtée de son doigt.

Quand la princesse vit toutes ces choses, et qu'elle se souvint de ce qui s'était passé la nuit, elle tomba dans une mélancolie qui surprit et qui inquiéta toute la cour ; la reine en fut plus alarmée que personne ; elle lui demanda cent et cent fois ce qu'elle avait : elle s'opiniâtra à lui cacher son aventure. Enfin, les états du royaume, impatients de voir leur princesse mariée, s'assemblèrent et vinrent ensuite trouver la reine pour la prier de lui choisir au plus tôt un époux. Elle répliqua qu'elle ne demandait pas mieux, mais que sa fille y témoignait tant de répugnance, qu'elle leur conseillait de l'aller trouver et de la haranguer : ils y furent sur-le-champ : Toute-Belle avait bien rabattu de sa fierté depuis son aventure avec le Nain jaune ; elle ne comprenait pas de meilleur moyen, pour se tirer d'affaire, que de se marier à quelque grand roi, contre lequel ce petit magot ne serait pas en état de disputer une conquête si glorieuse. Elle répondit donc plus favorablement que l'on ne l'avait espéré, qu'encore qu'elle se fût estimée heureuse de rester fille toute sa vie, elle consentait à épouser le roi des Mines-d'Or : c'était un prince très puissant et très bien fait, qui l'aimait avec la dernière passion depuis quelques années, et qui, jusqu'alors, n'avait pas eu lieu de se flatter d'aucun retour.

Il est aisé de juger de l'excès de sa joie lorsqu'il apprit de si charmantes nouvelles, et de la fureur de tous ses rivaux, de perdre pour toujours une espérance qui nourrissait leur passion ; mais Toute-Belle ne pouvait pas épouser vingt rois ; elle avait eu même bien de la peine d'en choisir un, car sa vanité ne se démentait point, et elle était fort persuadée que personne au monde ne pouvait lui être comparable.

L'on prépara toutes les choses nécessaires pour la plus grande fête de l'univers : le roi des Mines-d'Or fit venir des sommes si prodigieuses que toute la mer était couverte des navires qui les apportaient ; l'on envoya dans les cours les plus polies et les plus galantes, et particulièrement à celle de France, pour avoir ce qu'il y avait de plus rare, afin de parer la princesse ; elle avait moins besoin qu'une autre des ajustements qui relèvent la beauté ; la sienne était si parfaite, qu'il ne s'y pouvait rien ajouter, et le roi des Mines-d'Or, se voyant sur le point d'être heureux, ne quittait plus cette charmante princesse.

L'intérêt qu'elle avait à le connaître l'obligea de l'étudier avec soin ; elle lui découvrit tant de mérite, tant d'esprit, des sentiments si vifs et si délicats, enfin une si belle âme dans un corps si parfait, qu'elle commença de ressentir pour lui une partie de ce qu'il ressentait pour elle. Quels heureux moments pour l'un et pour l'autre, lorsque, dans les plus beaux jardins du monde, ils se trouvaient en liberté de se découvrir toute leur tendresse ! ces plaisirs étaient souvent secondés par ceux de la musique. Le roi, toujours galant et amoureux, faisait des vers et des chansons pour la princesse : en voici une qu'elle trouva fort agréable :

Ces bois, on vous voyant, sont parés de feuillages.
Et ces prés font briller leurs charmantes couleurs.
Le zéphir sous vos pas fait éclore les fleurs,
Les oiseaux amoureux redoublent leurs ramages ;
Dans ce charmant séjour
Tout rit, tout reconnaît la fille de l'Amour.

L'on était au comble de la joie ; les rivaux du roi, désespérés de sa bonne fortune, avaient quitté la cour ; ils étaient retournés chez eux accablés de la plus vive douleur, ne pouvant être témoins du mariage de Toute-Belle ; ils lui dirent adieu d'une manière si touchante, qu'elle ne put s'empêcher de les plaindre. « Ah ! madame, lui dit le roi des Mines-d'Or, quel larcin me faites-vous aujourd'hui ! Vous accordez votre pitié à des amants qui sont trop payés de leurs peines par un seul de vos regards. – Je serais fâchée, répliqua Toute-Belle, que vous fussiez insensible à la compassion que j'ai témoignée aux princes qui me perdent pour toujours : c'est une preuve de votre délicatesse dont je vous tiens compte ; mais, seigneur, leur état est si différent du vôtre ! vous devez être si content de moi ! ils ont si peu de sujet de s'en louer, que vous ne devez pas pousser plus loin votre jalousie. » Le roi des Mines-d'Or, tout confus de la manière obligeante dont la princesse prenait une chose qui pouvait la chagriner, se jeta à ses pieds, et, lui baisant les mains, il lui demanda mille fois pardon.

Enfin, ce jour tant attendu et tant souhaité arriva : tout étant prêt pour les noces de Toute-Belle, les instruments et les trompettes annoncèrent par toute la ville cette grande fête ; l'on tapissa les rues, elles furent jonchées de fleurs ; le peuple en foule accourut dans la grande place du palais ; la reine, ravie, s'était à peine couchée, et elle se leva plus matin que l'aurore, pour donner les ordres nécessaires et pour choisir les pierreries dont la princesse devait être parée ; ce n'était que diamants jusqu'à ses souliers ; ils en étaient faits ; sa robe, de brocart d'argent, était chamarrée d'une douzaine de rayons du soleil que l'on avait achetés bien cher ; mais aussi rien n'était plus brillant, et il n'y avait que la beauté de cette princesse qui pût être plus éclatante ; une riche couronne ornait sa tête, ses cheveux flottaient jusques à ses pieds, et la majesté de sa taille se faisait distinguer au milieu de toutes les dames qui l'accompagnaient. Le roi des Mines-d'Or n'était pas moins accompli ni moins magnifique : sa joie paraissait sur son visage et dans toutes ses actions ; personne ne l'abordait qui ne s'en retournât chargé de ses libéralités ; car il avait fait arranger autour de la salle des festins mille tonneaux remplis d'or, et de grands sacs de velours en broderie de perles, que l'on remplissait de pistoles ; chacun en pouvait tenir cent mille, on les donnait indifféremment à ceux qui tendaient la main ; de sorte que cette petite cérémonie, qui n'était pas une des moins utiles et des moins agréables de la noce, y attira beaucoup de personnes qui étaient peu sensibles à tous les autres plaisirs.

La reine et la princesse s'avançaient pour sortir avec le roi, lorsqu'elles virent entrer, dans une longue galerie où elles étaient, deux gros coqs d'Inde qui traînaient une boîte fort mal faite ; il venait derrière eux une grande vieille dont l'âge avancé et la décrépitude ne surprirent pas moins que son extrême laideur ; elle s'appuyait sur une béquille ; elle avait une fraise de taffetas noir, un chaperon de velours rouge, un vertugadin en guenille ; elle fit trois tours avec les coqs d'Inde, sans dire une parole, puis, s'arrêtant au milieu de la galerie et branlant sa béquille d'une manière menaçante : « Oh ! oh ! reine ! oh ! princesse ! s'écria-t-elle, vous prétendez donc fausser impunément la parole que vous avez donnée à mon ami le Nain jaune ; je suis la fée du Désert ; sans lui, sans son oranger, ne savez-vous pas que mes grands lions vous auraient dévorées ? L'on ne souffre pas, dans le royaume de féerie, de telles insultes ; songez promptement à ce que vous voulez faire, car je jure par mon escoffion que vous l'épouserez, ou que je brûlerai ma béquille.

« Ah ! princesse, dit la reine en pleurant, qu'est-ce que j'apprends ? qu'avez-vous promis ? Ah ! ma mère, répliqua douloureusement Toute-Belle, qu'avez-vous promis vous-même ? » Le roi des Mines-d'Or, indigné de ce qui se passait et que cette méchante vieille vînt s'opposer à sa félicité, s'approcha d'elle l'épée à la main, et la portant à sa gorge : « Malheureuse, lui dit-il, éloigne-toi de ces lieux pour jamais, ou la perte de la vie me vengera de la malice. »

Il eut à peine prononcé ces mots que le dessus de la boîte sauta jusques au plancher avec un bruit affreux, et l'on en vit sortir le Nain jaune monté sur un gros chat d'Espagne, qui vint se mettre entre la fée du Désert et le roi des Mines-d'Or. « Jeune téméraire, lui dit-il, ne pense pas outrager cette illustre fée ; c'est à moi seul que tu as affaire ; je suis ton rival, je suis ton ennemi ; l'infidèle princesse qui veut se donner à loi m'a donné sa parole et reçu la mienne ; regarde si elle n'a pas une bague d'un de mes cheveux ; lâche de la lui ôter, et tu verras, par ce petit essai, que ton pouvoir est moindre que le mien. – Misérable monstre, lui dit le roi, as-tu bien la témérité de le dire l'adorateur de cette divine princesse et de prétendre à une possession si glorieuse ? Songes-tu que tu es un magot dont la hideuse figure fait mal aux yeux, et que je t'aurais déjà ôté la vie si tu étais digne d'une mort si glorieuse. » Le Nain jaune, offensé jusqu'au fond de l'âme, appuya l'éperon dans le ventre de son chat qui commença un miaulis épouvantable, et, sautant deçà et delà, il faisait peur à tout le monde, hors au brave roi, qui serrait le nain de près, quand il lira un large coutelas dont il était armé, et, défiant le roi au combat, il descendit dans la place du palais avec un bruit étrange.

Le roi, courroucé, le suivit à grands pas. À peine furent-ils vis-à-vis l'un de l'autre et toute la cour sur des balcons, que le soleil, devenant tout d'un coup aussi rouge que s'il eût été ensanglanté, il s'obscurcit à tel point qu'à peine se voyait-on ; le tonnerre et les éclairs semblaient vouloir abîmer le monde, et les deux coqs d'Inde parurent aux côtés du mauvais nain comme deux géants plus hauts que des montagnes, qui jetaient le feu par la bouche et par les yeux avec une telle abondance, que l'on eût cru que c'était une fournaise ardente. Toutes ces choses n'auraient point été capables d'effrayer le cœur magnanime du jeune monarque ; il marquait une intrépidité dans ses regards et dans ses actions qui rassurait tous ceux qui s'intéressaient à sa conservation et qui embarrassait peut-être bien le Nain jaune ; mais son courage ne fut pas à l'épreuve de l'état où il aperçut sa chère princesse, lorsqu'il vit la fée du Désert coiffée en Tisiphone, sa tête couverte de longs serpents, montée sur un griffon ailé, armée d'une lance dont elle la frappa si rudement, qu'elle la fit tomber entre les bras de la reine toute baignée de son sang. Cette tendre mère, plus blessée du coup que sa fille ne l'avait été, poussa des cris et fit des plaintes que l'on ne peut représenter. Le roi perdit alors son courage et sa raison ; il abandonna le combat et courut vers la princesse pour la secourir ou pour expirer avec elle ; mais le Nain jaune ne lui laissa pas le temps de s'en approcher : il s'élança avec son chat espagnol dans le balcon où elle était ; il l'arracha des mains de la reine et de celles de toutes ses dames, puis, sautant sur le toit du palais, il disparut avec sa proie.

Le roi, confus et immobile, regardait avec le dernier désespoir une aventure si extraordinaire et à laquelle il était assez malheureux de ne pouvoir apporter aucun remède, quand, pour comble de disgrâce, il sentit que ses yeux se couvraient, qu'ils perdaient la lumière, et que quelqu'un d'une force extraordinaire l'emportait dans le vaste espace de l'air. Que de disgrâce ! Amour ! cruel amour ! est-ce ainsi que tu traites ceux qui te reconnaissent pour leur vainqueur ?

Cette mauvaise fée du Désert, qui était venue avec le Nain jaune pour le seconder dans l'enlèvement de la princesse, eut à peine vu le roi des Mines-d'Or, que son cœur barbare, devenant sensible au mérite de ce jeune prince, elle en voulut faire sa proie, et l'emporta au fond d'une affreuse caverne, où elle le chargea des chaînes qu'elle avait attachées à un rocher ; elle espérait que la crainte d'une mort prochaine lui ferait oublier Toute-Belle, et l'engagerait de faire ce qu'elle voudrait. Dès qu'elle fut arrivée, elle lui rendit la vue, sans lui rendre la liberté, et, empruntant de l'art de féerie les grâces et les charmes que la nature lui avait déniés, elle parut devant lui comme une aimable nymphe que le hasard conduisait dans ces lieux.

« Que vois-je ! s'écria-t-elle ! quoi, c'est vous, prince charmant ! quelle infortune vous accable et vous retient dans un si triste séjour ? »

Le roi, déçu par des apparences si trompeuses, lui répliqua : « Hélas ! belle nymphe, j'ignore ce que me veut la furie infernale qui m'a conduit ici, bien qu'elle m'ait ôté l'usage de mes yeux lorsqu'elle m'a enlevé, et qu'elle n'ait point paru depuis, je n'ai pas laissé de reconnaître, au son de sa voix, que c'est la fée du Désert. – Ah ! seigneur, s'écria la fausse nymphe, si vous êtes entre les mains de cette femme, vous n'en sortirez point qu'après l'avoir épousée ; elle a fait ce tour à plus d'un héros, et c'est la personne du monde la moins traitable sur ses entêtements. » Pendant qu'elle feignait de prendre beaucoup de part à l'affliction du roi, il aperçut les pieds de la nymphe, qui étaient semblables à ceux d'un griffon ; c'était toujours à cela qu'on reconnaissait la fée dans ses différentes métamorphoses ; car, à l'égard de ce griffonnage, elle ne pouvait le changer.

Le roi n'en témoigna rien, et, lui parlant sur un ton de confidence : « Je ne sens aucune aversion, lui dit-il, pour la fée du Désert ; mais il ne m'est pas supportable qu'elle protège le Nain jaune contre moi, et qu'elle me tienne enchaîné comme un criminel. Que lui ai-je fait ? j'ai aimé une princesse charmante ; mais si elle me rend ma liberté, je sens bien que la reconnaissance m'engagera à n'aimer qu'elle. – Parlez-vous sincèrement ? lui dit la nymphe déçue. – N'en doutez pas, répliqua le roi, je ne sais point l'art de feindre, et je vous avoue qu'une fée peut flatter davantage ma vanité qu'une simple princesse ; mais quand je devrais mourir d'amour pour elle, je lui témoignerai toujours de la haine, jusqu'à ce que je sois maître de ma liberté. »

La fée du Désert, trompée par ces paroles, prit la résolution de transporter le roi dans un lieu aussi agréable que cette solitude était affreuse, de manière que, l'obligeant à monter dans son chariot où elle avait attaché des cygnes au lieu de chauves-souris, qui le conduisaient ordinairement, elle vola d'un pôle à l'autre.

Mais que devint ce prince, lorsqu'en traversant ainsi le vaste espace de l'air, il aperçut sa chère princesse dans un château tout d'acier, dont les murs, frappés par les rayons du soleil, faisaient des miroirs ardents qui brûlaient tous ceux qui voulaient en approcher ; elle était dans un bocage, couchée sur le bord d'un ruisseau ; une de ses mains sous sa tête, et de l'autre elle semblait essuyer ses larmes ; comme elle levait les yeux vers le ciel pour lui demander quelque secours, elle vit passer le roi avec la fée du Désert, qui, ayant employé l'art de féerie où elle était experte pour paraître belle aux yeux du jeune monarque, parut en effet à ceux de la princesse la plus merveilleuse personne du monde. « Quoi ! s'écria-t-elle, ne suis-je pas assez malheureuse dans cet inaccessible château où l'affreux Nain jaune m'a transportée ? Faut-il que, pour comble de disgrâce, le démon de la jalousie vienne me persécuter ? Faut-il que, par une aventure si extraordinaire, j'apprenne l'infidélité du roi des Mines-d'Or ? Il a cru, en me perdant de vue, être affranchi de tous les serments qu'il m'a faits. Mais qui est cette redoutable rivale dont la fatale beauté surpasse la mienne ? »

Pendant qu'elle parlait ainsi, l'amoureux roi ressentait une peine mortelle de s'éloigner avec tant de vitesse du cher objet de ses vœux. S'il avait moins connu le pouvoir de la fée, il aurait tout tenté pour se séparer d'elle, en lui donnant la mort, ou par quelque autre moyen que son amour et son courage lui auraient fourni. Mais que faire contre une personne si puissante ? Il n'y avait que le temps et l'adresse qui pussent le retirer de ses mains.

La fée avait aperçu Toute-Belle, et cherchait dans les yeux du roi à pénétrer l'effet que cette vue aurait produit sur son cœur. « Personne ne peut mieux que moi vous apprendre, lui dit-il, ce que vous voulez savoir ; la rencontre imprévue d'une princesse malheureuse, et pour laquelle j'avais de l'attachement avant d'en prendre pour vous, m'a un peu ému ; mais vous êtes si fort au-dessus d'elle dans mon esprit, que j'aimerais mieux mourir que de vous faire une infidélité. – Ah ! prince, lui dit-elle, puis-je me flatter de vous avoir inspiré des sentiments si avantageux en ma faveur ? – Le temps vous en convaincra, madame, lui dit-il ; mais si vous vouliez me convaincre que j'ai quelque part dans vos bonnes grâces, ne me refusez point votre secours pour Toute-Belle. – Pensez-vous à ce que vous me demandez ? lui dit la fée en fronçant le sourcil et le regardant de travers. Vous voulez que j'emploie ma science contre le Nain jaune, qui est mon meilleur ami ; que je retire de ses mains une orgueilleuse princesse que je ne puis regarder que comme ma rivale ! »

Le roi soupira sans rien répondre. Qu'aurait-il répondu à cette pénétrante princesse ?

Ils arrivèrent dans une vaste prairie émaillée de mille fleurs différentes ; une profonde rivière l'entourait, et plusieurs ruisseaux de fontaine coulaient doucement sous des arbres touffus, où l'on trouvait une fraîcheur éternelle ; on voyait dans l'éloignement s'élever un superbe palais dont les murs étaient de transparentes émeraudes. Aussitôt que les cygnes qui conduisaient la fée se furent abaissés sous un portique dont le pavé était de diamant et les voûtes de rubis, il parut de tous côtés mille belles personnes qui vinrent la recevoir avec de grandes acclamations de joie ; elles chantaient ces paroles :

Quand l'Amour veut d'un cœur remporter la victoire,
On fait pour résister des efforts superflus,
On ne fait qu'augmenter sa gloire :
Les plus puissants vainqueurs sont les premiers vaincus.

La fée du Désert était ravie d'entendre chanter ses amours ; elle conduisit le roi dans le plus superbe appartement qui se soit jamais vu de mémoire de fée, et elle l'y laissa quelques moments pour qu'il ne se crût pas absolument captif. Il se douta bien qu'elle ne s'éloignait guère et qu'en quelque lieu caché elle observerait ce qu'il faisait ; cela l'obligea de s'approcher d'un grand miroir, et, s'adressant à lui : « Fidèle conseiller, lui dit-il, permets que je voie ce que je peux faire pour me rendre agréable à la charmante fée du Désert, car l'envie que j'ai de lui plaire m'occupe sans cesse. » Aussitôt il se peigna, se poudra, se mit une mouche, et, voyant sur une table un habit plus magnifique que le sien, il le mit en diligence.

La fée entra, si transportée de joie qu'elle ne pouvait la modérer. « Je vous tiens compte, lui dit-elle, des soins que vous prenez pour me plaire, vous en avez trouvé le secret, même sans le chercher ; jugez donc, seigneur, s'il vous sera difficile, lorsque vous le voudrez ! »

Le roi, qui avait des raisons pour dire des douceurs à la vieille fée, ne les épargna pas, et il en obtint insensiblement la liberté de s'aller promener le long du rivage de la mer. Elle l'avait rendue par son art si terrible et si orageuse, qu'il n'y avait point de pilote assez hardi pour naviguer dessus ; ainsi elle ne devait rien craindre de la complaisance qu'elle avait pour son prisonnier. Il sentit quelque soulagement à ses peines de pouvoir rêver seul, sans être interrompu par sa méchante geôlière.

Après avoir marché assez longtemps sur le sable, il se baissa et écrivit ces vers avec une canne qu'il tenait à la main :

Enfin je puis en liberté
Adoucir mes douleurs par un torrent de larmes :
Hélas ! je ne vois plus les charmes
De l'adorable objet qui m'avait enchanté !
Toi qui rends aux mortels ce bord inaccessible,
Mer orageuse, mer terrible,
Que poussent les vents furieux
Tantôt jusqu'aux enfers et tantôt jusqu'aux cieux,
Mon cœur est encor moins paisible
Que tu ne parais à mes yeux.
Toute-Belle ! ô destin barbare !
Je perds l'objet de mon amour.
Ô ciel ! dont l'arrêt m'en sépare,
Pourquoi diffères-tu de me ravir le jour ?
Divinités des ondes,
Vous avez de l'amour ressenti le pouvoir.
Sortez de vos grottes profondes,
Secourez un amant réduit au désespoir.

Comme il écrivait, il entendit une voix qui attira malgré lui toute son attention, et, voyant que les flots grossissaient, il regardait de tous côtés, lorsqu'il aperçut une femme d'une beauté extraordinaire ; son corps n'était couvert que par ses longs cheveux, qui, doucement agités des zéphyrs, flottaient sur l'onde. Elle tenait un miroir dans l'une de ses mains et un peigne dans l'autre ; une longue queue de poisson avec des nageoires terminait son corps. Le roi demeura bien surpris d'une rencontre si extraordinaire. Dès qu'elle fut à portée de lui parler, elle lui dit : « Je sais le triste état où vous êtes réduit par l'éloignement de votre princesse et par la bizarre passion que la fée du Désert a prise pour vous. Si vous voulez, je vous tirerai de ce lieu fatal, où vous languiriez peut-être encore plus de trente ans. » Le roi ne savait que répondre à cette proposition : ce n'était pas manque d'envie de sortir de captivité, mais il craignait que la fée du Désert n'eût emprunté cette figure pour le décevoir. Comme il hésitait, la sirène, qui devina ses pensées, lui dit : « Ne croyez pas que ce suit un piège que je vous tends ; je suis de trop bonne foi pour vouloir servir vos ennemis. Le procédé de la fée du Désert et celui du Nain jaune m'ont aigrie contre eux ; je vois tous les jours votre infortunée princesse ; sa beauté et son mérite me font une égale pitié, et, je vous le répète encore, si vous avez de la confiance en moi, je vous sauverai. – J'en ai une si parfaite, s'écria le roi, que

14

je ferai tout ce que vous m'ordonnerez. Mais, puisque vous avez vu ma princesse, apprenez-moi de ses nouvelles. – Nous perdrions trop de temps à nous entretenir, lui dit-elle ; venez avec moi, je vais vous porter au château d'acier, et laisser sut ce rivage une figure qui vous ressemblera si fort, que la fée en sera la dupe. »

Elle coupa aussitôt des joncs marins, elle en fit un gros paquet, et soufflant trois fois dessus, elle leur dit : « Joncs marins, mes amis, je vous ordonne de rester étendus sur le sable sans en partir, jusqu'à ce que la fée du Désert vous vienne enlever. » Les joncs parurent couverts de peau, et si semblables au roi des Mines-d'Or, qu'il n'avait jamais vu une chose si surprenante ; ils étaient vêtus d'un habit comme le sien ; ils étaient pâles et défaits, comme s'il se fût noyé ; en même temps, la bonne sirène fit asseoir le roi sur sa grande queue de poisson, et tous les deux voguèrent en pleine mer avec une égale satisfaction.

« Je veux bien à présent, lui dit-elle, vous apprendre que, lorsque le méchant Nain jaune eut enlevé Toute-Belle, il la mit, malgré la blessure que la fée du Désert lui avait faite, en trousse derrière lui sur son terrible chat d'Espagne ; elle perdait tant de sang et elle était si troublée de cette aventure, que ses forces l'abandonnèrent ; mais le Nain jaune ne voulut point s'arrêter pour la secourir qu'il ne se vît en sûreté dans son terrible palais d'acier ; elle resta évanouie pendant tout le chemin. Il y fut reçu par les plus belles personnes du monde, qu'il y avait transportées. Chacune à l'envi lui marqua son empressement pour servir la princesse ; elle fut mise dans un lit de drap d'or, chamarré de perles plus grosses que des noix. « Ah ! s'écria le roi des Mines-d'Or en interrompant la sirène, il l'a épousée ? Je pâme ! je me meurs ! – Non, lui dit-elle, seigneur, rassurez-vous ; la fermeté de Toute-Belle l'a garantie des violences de cet affreux nain. – Achevez donc ! dit le roi. – Qu'ai-je à vous dire davantage ? continua la sirène. Elle était dans le bois lorsque vous avez passé ; elle vous a vu avec la fée du Désert ; elle était si fardée, qu'elle lui a paru d'une beauté supérieure à la sienne ; son désespoir ne se peut comprendre, elle croit que vous l'aimez. – Elle croit que je l'aime ! justes dieux ! s'écria le roi, dans quelle fatale erreur est-elle tombée, et que dois-je faire pour l'en détromper ? – Consultez votre cœur, répliqua la sirène avec un gracieux sourire ; lorsque l'on est fortement engagé, l'on n'a pas besoin de conseils. » En achevant ces mots, ils arrivèrent au château d'acier ; le côté de la mer était le seul endroit que le Nain jaune n'avait pas revêtu de ces formidables murs qui brûlaient tout le monde.

« Je sais fort bien, dit la sirène au roi, que Toute-Belle est au bord de la même fontaine où vous la vîtes en passant ; mais, comme vous aurez des ennemis à combattre avant d'y arriver, voici une épée avec laquelle vous pouvez tout entreprendre et affronter les plus grands périls, pourvu que vous ne la laissiez pas tomber. Adieu, je vais me retirer sous le rocher que vous voyez. Si vous avez besoin de moi pour vous conduire plus loin avec votre chère princesse, je ne vous manquerai pas, car la reine sa mère est ma meilleure amie, et c'est pour la servir que je suis venue vous chercher. » En achevant ces mots elle donna au roi une épée faite d'un seul diamant ; les rayons du soleil brillent moins : il en comprit toute l'utilité, et, ne pouvant trouver de fermes assez forts pour lui marquer sa reconnaissance, il la pria d'y vouloir suppléer en imaginant ce qu'un cœur bien fait est capable de ressentir pour de si grandes obligations.

Il faut dire quelque chose de la fée du Désert. Comme elle ne vit point revenir son aimable amant, elle se hâta de l'aller chercher ; elle fut sur le rivage avec cent filles de sa suite, toutes chargées de présents magnifiques pour le roi. Les unes portaient de grandes corbeilles remplies de diamants ; les autres des vases d'or d'un travail merveilleux ; plusieurs de l'ambre gris, du corail et des perles ; d'autres avaient sur la tête des ballots d'étoffes d'une richesse inconcevable ; quelques autres encore des fruits, des fleurs et jusqu'à des oiseaux. Mais que devint la fée qui marchait après cette galante et nombreuse troupe, lorsqu'elle aperçut les joncs marins, si semblables au roi des Mines-d'Or, que l'on n'y reconnaissait aucune différence. À cette vue, frappée d'étonnement et de la plus vive douleur, elle jeta un cri si épouvantable qu'il pénétra les cieux, fit trembler les monts, et retentit jusqu'aux enfers. Mégère furieuse, Alecto, Tisiphone, ne sauraient prendre des figures plus redoutables que celle qu'elle prit. Elle se jeta sur le corps du roi, elle pleura, elle hurla, elle mit en pièces cinquante des plus belles personnes qui l'avaient accompagnée, les immolant aux mânes de ce cher défunt. Ensuite elle appela onze de ses sœurs qui étaient fées comme elle, les priant de lui aider à faire un superbe mausolée à ce jeune héros. Il n'y en eut pas une qui ne fût la dupe des joncs marins. Cet évènement est assez propre à surprendre, car les fées savaient tout ; mais l'habile sirène en savait encore plus qu'elles.

Pendant qu'elles fournissaient le porphyre, le jaspe, l'agate et le marbre, les statues, les devises, l'or et le bronze, pour immortaliser la mémoire du roi qu'elles croyaient mort, il remerciait l'aimable sirène, la conjurant de lui accorder sa protection ; elle s'y engagea de la meilleure grâce du monde et disparut à ses yeux. Il n'eut plus rien à faire qu'à s'avancer vers le château d'acier.

Ainsi guidé par son amour, il marcha à grands pas, regardant d'un œil curieux s'il apercevait son adorable princesse ; mais il ne fut pas longtemps sans occupation ; quatre sphinx terribles l'environnèrent, et, jetant sur lui leurs griffes aiguës, ils l'auraient mis en pièces si l'épée de diamant n'avait commencé à lui être aussi utile que la sirène l'avait prédit. Il la fit à peine briller aux yeux de ces monstres qu'ils tombèrent sans forces à ses pieds ; il donna à chacun un coup mortel, puis, s'avançant encore, il trouva six dragons couverts d'écailles plus difficiles à pénétrer que le fer. Quelque effrayante que fût cette rencontre, il demeura intrépide, et, se servant de sa redoutable épée, il n'y en eut pas un qu'il ne coupât par la moitié ; il espérait avoir surmonté les plus grandes difficultés, quand il lui en survint une bien embarrassante. Vingt-quatre nymphes belles et gracieuses vinrent à sa rencontre, tenant de longues guirlandes de fleur dont elles lui fermaient le passage. « Où voulez-vous aller, seigneur ? lui dirent-elles. Nous sommes commises à la garde de ces lieux ; si nous vous laissions passer, il en arriverait à vous et à nous des malheurs infinis ; de grâce, ne vous opiniâtrez point ; voudriez-vous tremper votre main victorieuse dans le sang de vingt-quatre filles innocentes qui ne vous ont jamais causé de déplaisir ? » Le roi, à cette vue, demeura interdit et en suspens ; il ne savait à quoi se résoudre : lui qui faisait profession de respecter le beau sexe et d'en être le chevalier à toute outrance, il fallait que, dans cette occasion, il se portât à le détruire ; mais une voix qu'il entendit le fortifia tout d'un coup. « Frappe ! frappe ! n'épargne rien, lui dit cette voix, ou tu perds ta princesse pour jamais ! »

En même temps, sans rien répondre à ces nymphes, il se jette au milieu d'elles, rompt leurs guirlandes, les attaque sans nul quartier, et les dissipe en un moment ; c'était un des derniers obstacles qu'il devait trouver. Il entra dans le petit bois où il avait vu Toute-Belle : elle y était au bord de la fontaine, pâle et languissante. Il l'aborde en tremblant ; il veut se jeter à ses pieds ; mais elle s'éloigne de lui avec autant de vitesse et d'indignation que s'il avait été le Nain jaune. « Ne me condamnez pas sans m'entendre, madame, lui dit-il ; je ne suis ni infidèle ni coupable ; je suis un malheureux qui vous ai déjà déplu sans le vouloir. – Ah ! barbare, s'écria-t-elle, je vous ai vu traverser les airs avec une personne d'une beauté extraordinaire : est-ce malgré vous que vous faisiez ce voyage ? – Oui, princesse, lui dit-il, c'était malgré moi. La méchante fée du Désert ne s'est pas contentée de m'enchaîner à un rocher, elle m'a enlevé dans son char jusqu'à un des bouts de la terre, où je serais encore à languir, sans le secours inespéré d'une sirène bienfaisante qui m'a conduit jusqu'ici. Je viens, ma princesse, pour vous arracher des indignes mains qui vous retiennent captive ; ne refusez pas le secours du plus fidèle de tous les amants. » Il se jeta à ses pieds, et l'arrêtant par sa robe, il laissa malheureusement tomber sa redoutable épée. Le Nain jaune, qui se tenait caché sous une laitue, ne la vit pas plus tôt hors de la main du roi, qu'en connaissant tout le pouvoir, il se jeta dessus et s'en saisit.

La princesse poussa un cri terrible en apercevant le nain ; mais ses cris ne servirent qu'à aigrir ce petit monstre : avec deux mots de son grimoire il fit paraître deux géants qui chargèrent le roi de chaînes et de fers. « C'est à présent, dit le nain, que je suis maître de la destinée de mon rival ; mais je lui veux bien accorder la vie et la liberté de partir de ces lieux, pourvu que, sans différer, vous consentiez à m'épouser. – Ah ! que je meure plutôt mille fois ! s'écria l'amoureux roi. – Que vous mouriez, hélas ! dit la princesse ; seigneur, est-il rien de si terrible ? – Que vous deveniez la victime de ce monstre, répliqua le roi, est-il rien de si affreux ! – Mourons donc ensemble ! continua-t-elle. – Laissez-moi, ma princesse, la consolation de mourir pour vous. – Je consens plutôt, dit-elle au nain, à ce que vous souhaitez. – À mes yeux ! reprit le roi, à mes yeux vous en ferez votre époux ! cruelle princesse ! la vie me serait odieuse ! – Non, dit le Nain jaune, ce ne sera point à les yeux que je deviendrai son époux ; un rival aimé m'est trop redoutable. »

En achevant ces mots, malgré les cris et les pleurs de Toute-Belle, il frappa le roi droit au cœur et l'étendit à ses pieds. La princesse, ne pouvant survivre à son cher amant, se laissa tomber sur son corps, et ne fut pas longtemps sans unir son âme à la sienne. C'est ainsi que périrent ces illustres infortunés, sans que la sirène y pût apporter aucun remède, car la force du charme était dans l'épée de diamant.

Le méchant nain aima mieux voir la princesse privée de vie que de la voir entre les bras d'un autre ; et la fée du Désert, avant appris cette aventure, détruisit le mausolée qu'elle avait élevé, concevant autant de haine pour la mémoire du roi des Mines-d'Or qu'elle avait conçu de passion pour sa personne. La secourable sirène, désolée d'un si grand malheur, ne put rien obtenir du destin que de les métamorphoser en palmiers. Ces deux corps si parfaits devinrent deux beaux arbres ; concevant toujours un amour fidèle l'un pour l'autre, ils se caressent de leurs branches entrelacées, et immortalisent leurs feux par leur tendre union.

MORALITÉ.

Tel qui promet dans le naufrage
Une hécatombe aux immortels,
Ne va pas seulement embrasser leurs autels
Quand il se voit sur le rivage.
Chacun promet dans le danger ;
Mais le danger de Toute-Belle
T'apprend à ne point t'engager
Si ton cœur aux serments ne peut être fidèle.